LA PRINCIPAUTÉ

DE

MONACO

POEME

PAR L.-J. BÉOR

Membre et lauréat de plusieurs académies,
Médaille d'honneur du Gouvernement
et de la société nationale d'encouragement au Bien,
Président d'honneur des sauveteurs de la Nièvre,
Délégué des chevaliers sauveteurs de Nice etc.

PARIS

A. CHÉRIÉ, Libraire Éditeur

13 RUE DE MEDICIS 13

1878

LA PRINCIPAUTÉ

DE

MONACO

POËME

PAR L.-J. BÉOR

Membre et lauréat de plusieurs académies,
Médaillé d'honneur du Gouvernement
et de la société nationale d'encouragement au Bien,
Président d'honneur des sauveteurs de la Nièvre,
Délegué des chevaliers sauveteurs de Nice etc.

PARIS

A. CHÉRIÉ, Libraire Editeur

13, RUE DE MÉDICIS. 13

1878

LA PRINCIPAUTÉ DE MONACO

POËME

Herculis Monœci Portus

I.

Auprès des peuples valeureux
Les petits peuples ont leur gloire :
Ne sont-ils pas les plus heureux
« Les peuples qui n'ont pas d'histoire? »

Leur politique a ses attraits,
Leur capital est la sagesse —
Leur sol, à défaut de hauts faits
A des récoltes pour richesse —

Les fleurs émaillent les sentiers
De cette vallée odorante ;
La mer, au pied des oliviers
Fait bondir sa vague écumante.

Dans les bois aux rameaux bénis
Les oiseaux gardent leur couvée ;
La futaie, où perchent leurs nids,
Des balles se voit préservée.

Les épis que Juin a dorés
Craignent peu le canon qui gronde ;
L'alouette, en ces champs sacrés,
Peut saluer la moisson blonde ; —

Et le soleil à l'horizon
Eteignant ses rayons splendides
N'empourpre pas sur le gazon
Le sang des luttes fraticides,

De Virgile ces prés, ces bois
Rappellent une églogue exquise.
— Un Prince y fait de sages lois : —
« Etre aimé ! » Voila sa devise !

D'un cri de liberté l'écho,
— L'écho dominant et sonore —
Sur la plage de Monaco
Résonne aux clartés de l'aurore !

Auprès des peuples valeureux
Les petits peuples ont leur gloire :
Ne sont-ils pas les plus heureux
« Les peuples qui n'ont pas d'histoire ? »

II.

Les Spélugues

Après Marseille et Nice, hâte-toi, voyageur ?

Vois sur les blancs galets courir le flot rongeur :
C'est la plage animée et c'est la ville en fête
Ici repose-toi :

           C'est Monaco — poëte !
Le ciel est rayonnant, l'air lui même est amoureux
Tout se meut, tout renait, tout rit, tout est heureux,
L'âme de l'univers prodigue ses caresses ;
Les chants du rossignol sont vibrants de tendresses,

Les fleurs parlent d'amour sous les feuillages verts,
L'oiseau vient réveiller soudain les bois déserts,
Le long du chêne altier monte la sève immense :
C'est la création qui partout recommence !

Tout ce que-la nature a d'immatériel
Les parfums, la fraicheur, le soufle aimé du ciel,
Ton âme sur le champ, poëte, en est saisie
Et le charme divin court dans ta poésie
De la verte moisson que courbe au loin le vent
On entend dans tes vers le murmure vivant :
On sent vivre en ton vol l'hirondelle qui passe ;
Et Dieu montre partout son esprit dans l'espace !

Monte par ces sentiers — Tu domineras mieux
Les bains, le casino, spectacle curieux
C'est l'endroit recherché — De sa roche romaine
Admire en même temps et la mer et la plaine
Vers la ferme des jeux vois ces gens empressés,
Il semble de leur or qu'ils soient embarrassés —
La roulette fera leur joie ou leur martyre
Les uns semblent pleurer, les autres semblent rire
Car « le trente et quarante » avec le même esprit,

Voit jouer Jean qui pleure auprés de Jean qui rit !

. . . .

La nuit vient — Quel aspect de sa verte terrasse
Offre ce lieu feté ! Quand le couchant s'efface,
Lorsque la nuit profonde, au fond des cieux voilés
Déroule, en îles d'or, les soleils étoilés,
Ces milliers de flambeaux qui scintillent dans l'ombre,
Et que la mer poursuit au loin són roulis sombre
Tu vois le casino briller de mille feux
Sous le rateau fatal s'entassent les enjeux,
Au dehors tout est bruit et musique et fanfare,
Tu suivras mon conseil et fumant un cigare
Là dans quelque café de cet endroit charmant
Tu verras Monaco dans son rayonnement !

III.

Monaco

Consultez tous les géomètres
Ils répondront que cet état
A quatre-vingt deux kilomètres,
Et quel en est le potentat.

C'est un bien modeste partage ;
— Mais l'exemple n'a rien de neuf —
Le sol qui vit fonder Carthage
A mesuré la peau d'un bœuf.

Les cités ont leur origine ;
Lentement tout s'est assemblé —
Rome la ville aux sept collines,
Ne fut d'abord qu'un champ de blé.

Et Paris, l'antique Lutèce,
De la Seine un sauvage ilot
Mais tout s'étend ; mais tout progresse,
La goutte d'eau devient le flot.

L'herbe s'élève dans la plaine
Et forme une haie au chemin ;
L'arbuste un jour devient un chène ;
L'enfant sera l'homme demain !

Moi, j'aime une cité modeste :
— Un peuple n'est jamais petit
Quand le travail fait sa richesse,
— C'est son honneur qui le grandit.

Lorsque son faubourg s'ensoleille,
Tous sont à l'œuvre avec le jour —
Le Monégasque est une abeille —
Ah ! que de miel en ce séjour !

Sous l'oranger, sous le mélèze,
Aux soirs par la brise attiédis
L'esprit peut y rêver à l'aise
Monaco ! c'est un paradis.

D'oliviers et de lauriers roses,
De spectacles éblouissants !
De ces belles apothéoses
Les mirages sont renaissants !

Là revivent de Babylone
Les fraiches terrassés de fleurs —
Les jardins chéris de Pomone
Aux fruits de toutes les couleurs —

La forteresse pour rivale
Voit s'élever sous l'œil de Dieu
La rayonnante cathédrale —
— La foi demandait ce saint lieu —

Dans cette misérable vie,
Loin de Dieu, le bonheur n'est rien
Prier ! c'est la plus douce envie
Pour le cœur de l'homme de bien. —

Je mets le simple faucheur d'herbe
Dont Dieu conduit l'esprit toujours —
Au dessus du savant superbe
Suivant les astres dans leur cours. . .

Monaco ! Belle, je t'admire :
Le monde entier est ton amant
De tous cotés, entendez dire :
Est-il un endroit plus charmant !

Est-il un Prince plus aimable,
D'un fier progrès, disciple ardent,
Que Charles III — maître équitable —
De Grimaldi le descendant !

Il est plein de cœur et de sève :
Le bien forme tous ses projets
Et le seul impôt qu'il prelève
C'est l'amour de tous ses sujets !

. . . .

Quand on laisse ce coin de terre,
Pays d'heureuse Liberté —
L'œil est triste et le cœur se serre
Du regret de l'avoir quitté !

Imp. Forteau, Pithiviers

OUVRAGES DU MÊME AUTEUR

HEURES FATALES ! HEURES JOYEUSES ! 1 vol
de 200 pages. — Medaille d'honneur de la Société d'Encouragement au Bien. (épuisé)

PRINTEMPS ET NEIGES, poésies nouvelles, 1 joli vol.
de 200 pages, orné de vignettes, fleurons, culs-de-lampe ; Imprimé
sur papier du marais. — Prix 2 fr. 50 c. chez l'auteur à Pithiviers
(Loiret). 2ᵉ édition.

LA RÉPUBLIQUE DE SAINT-MARIN, poeme im-
primé sur papier du marais. — Chez l'auteur. Prix. 60 c 2ᵉ édition·

LES SOLDATS DE L'HUMANITÉ, poeme.

LAMARTINE, poeme.

Pour paraitre en 1878 :

AU JOUR LE JOUR, poëmes, sonnets, ballades et chansons
Edition de luxe tirée à 250 exemplaires.

Imp. - Forteau, Pithiviers.